KB060155

청어詩人選 328

비껴간
인연

이지선
시집

청어

비껴간 인연

이지선 지음

발 행 처 · 도서출판 청어
발 행 인 · 이영철
영   업 · 이동호
홍   보 · 천성래
기   획 · 남기환
편   집 · 방세화
디 자 인 · 이수빈 | 김영은
제작이사 · 공병한
인   쇄 · 두리터

등   록 · 1999년 5월 3일
(제321-3210000251001999000063호)

1판 1쇄 발행 · 2022년 5월 10일

주소 · 서울특별시 서초구 남부순환로 364길 8-15 동일빌딩 2층
대표전화 · 02-586-0477
팩시밀리 · 0303-0942-0478

홈페이지 · www.chungeobook.com
E-mail · ppi20@hanmail.net
ISBN · 979-11-6855-033-9(03810)

본 시집의 구성 및 맞춤법, 띄어쓰기는 작가의 의도에 따랐습니다.

청어詩人選 328

비껴간
인연

이지선
시집

시인의 말

시를 읽는 사람보다 시인이 더 많다는 요즈음이다.
시집을 낸다는 게 또 하나의 문화적 공해인 듯싶어 망설
였다.
그러다 보니 시간이 길어졌다.
지금도 나와의 갈등이 기분 좋게 합의된 것은 아니다.

밥도 되지 못하고, 반찬도 안 되는 시와 씨름하느라 밤을
설치는 날,
누구를 위해서가 아니라 내 감정의 배설이라는 생각을 가
지던 날, 먹는 것보다 배설을 잘해야 건강하다는 걸 알아
가는 나이가 된 지금 배설물이 잘 발효되어 퇴비로도 쓸
수 있음을 은근히 소망해 본다.

차례

2부 가면무도회

3부 조각보

4부 꽃을 먹다

1부

연인, 만나다

수십 년을 남의 생명으로 연장된 내 삶이
그들의 죽음을 헛되지 않게 했을까
자신이 없어 미안하고 고마워 고개 숙인다
밥알 하나, 나물 하나, 고기 한 점, 남기지 않은 건
죽음에 대한 최소한의 예의다

연인, 만나다

연인을 찾았어요
이분일까 저분일까 아닌 것 같은데 혹시나 하며
헤매고 방황하다 드디어 찾았어요
늦었지만 이제라도 찾은 게 다행이지요
가진 것도 많고요
능력도 좋고요
인품은 더할 나위 없고요
나의 모든 것 전부를 사랑한다네요
거기다가 연하이고요
이따금씩 내가 속을 썩여도
그윽한 눈으로 봐라봐 주는
투정을 부려도 말없이 들어주고 고개를 끄덕여 주는
씩씩거리고 싸울 때도 내 편을 들어 주고
억울한 눈물을 닦아주고
나를 꼬옥 안아주며 다독여 주는 그와
사랑에 빠졌어요
내가 죽은 후에도 내 곁에 있겠다는 그
몇 번인가 때린 배신을 기억도 못하는 그이
그냥 내가 좋아 나를 사랑한다는 그분
이제야 눈이 밝아져
연인을 알아보게 되었어요

쉼표

헉헉거리며 달렸지요
앞사람 뒤통수만 바라보며 달리는 내내
그가 내 뒤통수를 보게 하고 싶어
그보다 한 발짝 더 앞으로 가려고
가슴이 쪼일 때까지 달렸지요
뒤통수에 흐르는 먼지 묻은 땀
내 뒤에 오는 누군가도 내 뒤통수만 보겠지요?

화단에 웃고 있는 장미
바람에 살랑이는 초록에 반짝임
꿀을 따는 벌들의 날갯짓
먹이를 나르는 개미들
멈추어 들여다볼 시간에
더 달리고 달려야 했지요

길이 막힌 종점에서
뒤통수만 보여주던 그도
내 뒤통수만 보고 달려왔을 이도
지쳐 널브러진 자리에 숨을 고르며
서로의 몰골을 봤지요

면회 오는 자 없네

면회 오는 사람을 기다립니다
기다리고 기다려도 찾아오는 사람 없네요
아니, 길을 아는 자 없어 못 올 겁니다
알고 지낸 사람들을 떠올려봅니다
밥 먹고 커피 마시고 장시간 노닥거리며
잘 안다고 했던 지인 중에
영혼에 감옥이 있다는 걸 아는 사람은 없네요

시간을 허비한 죄
순간에 충실하지 못한 죄
자신과 이웃에게 열정을 다 하지 못한 죄
세상 것을 너무 탐한 죄로
스스로 감옥에 들어가
죗값을 계산하고 있습니다

이 무게를 금으로 달면 몇 냥일까
물질 값은 공탁금을 걸 수 있는데
계산이 안 되는 죗값은 갚을 길 없어
어쩌면 영원히 감옥에서 지내야 하나 봐요

그래도,

이따금씩은 누군가가 면회를 와 준다면

기다리는 시간이 희망이 되어

영원은 한순간으로 바뀔 수도 있을 것 같은데요

그날을 위해

당신을 향해 걷습니다
환한 미소로 두 팔 벌려
나를 기다리는 당신에게 가기 위해
오늘도 눈길을 걷습니다

그날에,
당신은 나를 꼬옥 안으며 먼 길 오느라 수고했다며
내 언 발을 녹여줄 것입니다

바윗길을 걷느라 물러터진 발가락
밤길을 걷느라 쪼그라진 심장
파도를 헤쳐 짠물을 삼켜야 했던 일이며
엉겅퀴덤불에 넘어져 기어야 했던 일들을
낱낱이 기억해주는 당신 품에서
실컷 울고 나면
그동안의 모든 것들이 다 눈물로 씻겨갈 것입니다

그날,
나는 비로소 알게 됩니다
그 길에 당신이 동행했음을
내가 넘어져 누워있는 동안
당신이 내 발을 치료했음을
좀 더 일찍 알았더라면
이렇게 지치지 않았을 것을

진실은

깔끄러워요
살아있는 쌀눈을 꼭꼭 씹어야 해요
살아있는 것은 언제고 죽일 수 있어요
현미밥은 먹는 사람이 먹어요
모두는 달달한 하얀 밥을 더 즐겨요
수년이 지나 당료에 걸린 후에야
그때야 알게 되어요
깔끄러운 게 건강을 지켰음을

건장한 허위는 아픈 진실을 폭행해요
위장하기 좋은 것은 보여지는 것이에요
생화보다 더 생화 같은 조화가
조화보다 더 짧은 생을 사는 생화를
오랫동안 비웃어요
진실은 그 진실성으로 모함에 잘 걸려요
담백함보다 자극적인 맛을 즐겨 하는 입맛으로
넘쳐나는 맛집에서 진한 양념을 쳐요

두들겨 맞아 피투성이가 된 진실을
누구도 거들떠보지 않아요
피가 묻을까 봐 슬금슬금 피해 가는 무리들
그 속에 가까운 지인의 얼굴을 보아요

죽어 저승의 심판은 꼭 있어야 해요
억울한 사람이 너무 많아서요

그대 만남은 축복이었네

축제의 시작이다
더덩실 춤을 추자
방황하던 여행길에서 고향에 가는 길
여행길에 만난 친구여
이제는 작별할 때
진한 포옹으로 그대의 체온을 느끼며
만나서 반가웠음을
그대 귀에 속삭여주리

절벽의 산길에서
폭풍 치는 바다에서
들꽃 피어있는 언덕에서
허허로운 사막 길에서
같이했고, 스쳐가고, 손 흔들어 주던
여정의 친구들이여
그대 있음에 내 여행길은
배낭에 가득 추억이 쌓이고
순간마다 가슴 뛰는 환희를
고향 가는 길에도 간직할 수 있음을
친구여!
그대 만남은 축복이었네

덧셈과 뺄셈

덧셈만 잘하는 그녀에게 큰 병이 걸렸어요

그녀는 덧셈만 계산할 줄 알아요
그녀가 쓰는 숫자에는 빼기 나누기의 기능이 없어
더하기만 해야 했어요
먹는 것도 더하고
집도 더하고
은행 잔고도 더하고
더하고 더 할 게 없을 때 남편도 더했지요

응급실에 실려 간 그녀에게
뺄셈 기능을 사용하지 않으면
생명이 위독하다는 진단이 내렸어요.
지방도, 살도, 똥도, 빼내야 하고
그동안 더 했던 모든 것을 빼내야만
생명을 유지할 수 있다는
어마무시한 진단이 나왔어요

몸도 영혼도 덧셈보다는 뺄셈 기능이
건강을 좌우한다는 처방이 나왔어요
빼기보다는 더하기가 더 쉬워
지금도 그녀는 응급실에 자주 실려가요

침묵과 동침하다

점점 당신에게 길들여지면서
당신의 어휘에 익숙해집니다
당신과 가까이하면서 내 말들이 잃어져 갑니다
당신을 닮아가고자 소리 없는 소리에 귀를 내 드립니다

그동안 혼자였다고 느끼던 내 침실까지
보드랍게 감싸던 당신의 숨결까지
나를 길들였군요!

당신을 사랑해 침실까지 불러오는 동안
내가 뱉어낸 무수한 말들
아직도 허공에 떠다니는 말씨들을 주워 담지 못해
당신의 품에 안기지 못하고 부끄러워합니다

시계를 사다

꼭 지켜야 할 약속도 없는데
내 생명의 제로를 향해
너무도 열심히 달려가는
초침을 확인하러
화려할 때도 쓰지 않던
화려한 시계를 샀다
내가 나에게 선물할게
시간뿐이라는 듯

부지런 떨던 초침이
지쳐 숨을 할딱일 때
더 이상 초침을
확인할 필요가 없어질 때

그동안 빌려 쓴 시간들을
이자 없이 원금만 되돌려 놓고
시계와 작별의 인사를 하리

같이 있어 주어 고마웠다고

영원, 그 사기성

영원과 절대의 단어는
피조물의 언어가 아니에요
내 생명의 몫은
바다에 떨어지는 빗방울 하나

순간이 순간으로 이어지는
찰나의 몫으로
영원을 약속하지 말아요
절대를 맹세하지 말아요

주어진 순간에
사랑만 허락된
작은 입으로 영원을 담는 건
조물주에 대한 도전적 사기성
사랑할 수 있는 것만 대답해요

가분수

어려운 사람들에게 내밀어야 할 손이 많아
천 개의 손을 가졌다는 천수보살
안으로 굽은 팔은 아무것도 보듬을 수 없어
천 개의 팔들이 모두 펴져 있네요

천 개의 손이 천 개가 더 있다 해도
어루만질 세상은 너무 넓어요

머리가 손보다 많아 시끄러운 일
어디 나라일 뿐이던가요

내 안에 수많은 머리들이
두 개의 손을 서로 부리려다

갈팡질팡 허둥대는
뒤뚱거리는 나날이지요

지루해

성당 나무의자 책 판대에 송곳으로 꼭꼭 눌러 판 글자
-지루해-
엄마의 협박으로 성당 의자에 걸터앉은 자리
예수님마저 놀아주지 않아 몸이 비비 틀어지고
신부님의 자장가는 리듬을 타고
간식 때까지 꾹꾹 눌러 글씨를 판다
예수님께 가장 솔직한 기도를 한다
-지루해-
글씨를 파는 동안 지루하지 않은 건
기도 응답이었을 터
예수님도 10살 때
아마도 같이 글씨를 팠을 게다
-지루해- 라는

밥상

밥상을 대할 때마다 경건해진다
내 입은 화장터
내 생명을 연장시키기 위해 기꺼이
생명을 내놓은 생명들에 고개 숙인다
소, 닭, 돼지며 온갖 푸성귀들의 죽음으로 차려진 밥상

수십 년을 남의 생명으로 연장된 내 삶이
그들의 죽음을 헛되지 않게 했을까
자신이 없어 미안하고 고마워 고개 숙인다
밥알 하나, 나물 하나, 고기 한 점, 남기지 않은 건
죽음에 대한 최소한의 예의다

내 몸에서 생명으로 부활한다면
죽음이 헛되다 하지 않을 것이기에
쓰레기로 버려지는 슬픔을 주지 않으려
생명의 죽음을 축소하며
축복된 죽음으로 내 안에 넣는다

신기루

사막에서 길을 잃고 탈진한 후에야
그 정체와 마주했어요

나를 오아시스에 데려다 줄 것 같은
내 목마름을 채워 줄 것 같은
사막에 동행자가 되어 줄 것 같은

갈망이 커 갈수록
환상을 비집고 들어와 자리를 넓혀가는
형체 없는 환영이
나를 끌고 다녔지요
허공으로

이 순간,
먼 곳을 보지 않기로
발 딛고 있는 땅을 충실히 지켜보기로
선택한 후에야
나무 한 그루 키울 수 있었지요

나를 찾습니다

거울 속에 한 여인을 봅니다
나를 흉내 내는 그녀에게 묻습니다
당신은 누구인가요?
그녀가 내게 묻습니다
당신은 누구인가요?

나와 같이 살고 있는 또 다른 나와
나를 흉내 내는 또 다른 나
당신이 보고 있는 나와
당신에게 보여 지는 나
당신에게 보이고 싶은 나와
당신에게 보이고 싶지 않은 나

그 중에 누가 나인지
나를 찾고 있습니다

오늘도 연습 중

떠나고 떠나보내며
오늘도 이별 연습을 하는 중

연습이 부족해 메달을 받지 못했다

재물, 권력, 삶, 욕망에서
순간순간을 떠나오면서
연습이 부족해 프로답질 못했다

그들이 내 곁을 떠나기 전
먼저 떠나올 수 있는 연습을 한다

경기 종료 마지막 순간에
금메달을 잡을 수 있는 찬스를 위해

눈을 감고 내 안을 들여다본다

방문자

암 수술을 받을 때도 본인만은 아닐 거라고 그렇게 믿고 싶어 했다 옆 침대의 동료가 죽음의 대기실로 옮겨가는 것을 측은히 바라보면서도 결코 본인과는 상관없는 일이라고, 나만은 아닐 거라고 적극 거부했다 생존의 삶보다 오래도록 긴 영혼의 존재가, 준비 없던 그의 정신을 갈등으로 흔들고 그의 내장을 열심히도 파고드는 무장된 암들이 그의 시간을 갉아먹어간다

나만은 예외일 거라는 생존의 본능이 신념이 된 그의 마음을 삶의 집념으로 꽁꽁 묶는다 아니야, 나는 아닐 거야 모든 것을 주고라도 시간을 사고 싶다 버려졌던 시간들을 쓰레기통에서라도 찾을 수만 있다면 쓰레기통을 훔쳐 오고 싶다 태어나면서부터 시간을 먹고 달려온 마라톤의 끝 지점에 테이프를 끊어야 하는 지금, 최대한 천천히 가고 싶다 삶의 계획서에는 결코 들어 있지 않던, 그러나 계획하고는 무관한, 누구에게나 공평한 생명의 원칙이 잣대를 들고 찾아오고 있다.

문을 노크한다.

똑. 똑. 똑.

숨을 곳이 없다

착각

이고 지고
두 손으로 꼭 붙잡고
놓칠세라 부둥켜안고
산등성이 오르느라
앞뒤 돌아보지 못했네
지쳐 널브러진 후에야
펴 보았네

−보석인 줄 알았는데 돌멩이였네−

내가 나를

인간을 사랑하다 양이 차지 않아
신을 사랑하기로 했다
신이 전화를 해 주지 않아
다정한 웃음을 보내지 않아
손끝에 짜릿한 스킨십을 해주지 않아
사막 모래바람이 가슴에 쌓인다

신도 인간도 사랑하기엔 너무 벅차
내가 나를 사랑해 버리기로 했다
내가 나를 안아주고
내가 나에게 웃어 주고
내가 나를 위로해주며
하루를 잘 보냈다고 애무해 주기로 했다
갈등 없이 사랑하기로 했다

고백

당신이 나를 사랑한다는 건
어렴풋이 알고 있었습니다
이따금씩은 그 감정을 즐기기도 했지요

당신의 주변을 배회하면서
때로는 당신을 시험해 보고
때로는 당신을 윽박지르기도 하면서
내게 시선을 떼지 않은 당신이 부담스러워
당신이 보이지 않은 곳으로 도망가곤 했습니다

짝사랑으로 속앓이 했을 당신에게
다가가기가 두려웠던 건
당신이 원하는 사랑이라는 말을
감당할 자신이 없었습니다

이제야 고백합니다
당신을 사랑합니다
예전에도 그랬듯이
앞으로도 제 길에 동행해 주세요

공사는 진행 중

끝이 어디인지 모르는 긴 터널 공사
어제도 오늘도 아마 내일도 진행 중일 것이다
가슴 깊은 곳에서

공사가 완성되면 저승까지 이어질까
그곳에 먼저 도착한 임을 만나는 길이 되어줄까

웃고 떠들고 바쁜 척하는 중에도
공사는 진행 중이다

공사현장이 깊고 깊어
아무도 소리를 못 듣지만
가슴의 주인은 안다
혼자 있을 때 더 크게 들리는
공사의 소음을

님은 역시 짱

님이 부르시는 날
크게 대답하리라
나 여기 있노라고

님이 만든 세상이
벅차도록 아름다워
눈에 다 담지 못했음을
고백하며 고개 숙이리라
님은 역시 '짱'이었다고

2부

가면무도회

매 맞고 고문당하고 죽어가고 일그러진 얼굴은
너희는 이렇게 살지 말라고
내가 흘린 피는 아직도 정화되지 않은 채
이 나라 하수구에서 썩고 있다고

역사관을 관람한 어린이들은
반짝이는 훈장에 눈독 들인다

가면무도회

가면무도회에 초대되었다
가면을 고른다
화려하게, 섹시하게, 남의 눈에 잘 띄는
누구인지 전혀 알지 못하게 잘 포장하는
연출이 필요하다
머리에 반짝이는 깃털을 장식하고
납작한 코, 째진 눈, 일그러진 입술을 감출 수 있는
제일 비싼 가면을 산다
모두들 그렇게 꾸미고 나온 무도회장은
서로가 서로를 알려 하지 않는다
쓰고 나온 가면으로 상대를 느낀다
가면 속 얼굴을 보고자 하는 건
서로에게 예의가 아니다
설령 잘 알고 있다 하더라도 모른 척해주는 게
서로가 지켜야 하는 불문율이다
노래와 춤이 흐느적거리고 때로는 격렬하게 요동치고
서로가 엉키고 서로를 부둥켜안고 뒹군다
부끄럽지 못한 건 가면의 위대함이다

무도회가 식어가고 몸은 지쳐간다
여전히 웃고 있는 가면 속 얼굴에 경련이 인다
화려한 조명이 꺼지고 어두운 밤길을 터벅터벅 걷는다
보는 눈길을 피해 치렁치렁 걸쳤던 반짝이 옷들을 벗는다
누추한 집에 들어와서야 벗겨지는 가면
속에 있는 얼굴과 밖에 있는 얼굴이
서로 주인이라 티격 거린다

잠자리에 들어서야 거울에 비친 본연의 얼굴을 본다
주인을 잃어버린 휑한 눈으로

공룡의 호언

먹고, 먹고 또 먹어요
아무리 먹어도 허기지는 건 유전병이지요
아버지도, 나도, 아마 아들도 그럴걸요
우린 태어날 때부터 먹을 걸 받아가지고 나와요
식성도 좋아 먹을 수 있는 건 뭐든지 먹어요
먹을수록 위장이 늘어나 배부른 적이 없어요
커다란 몸통을 움직이려면 많이 먹어야 하는 건 당연하지요
토끼 천 마리의 먹이로도 양이 차지 않아
다람쥐 밥까지 빼앗아 먹어요

감히,
나와 대적하는 자는 입김으로 날려버려요
알지요? 덩치만큼 간도 허파도 크다는 걸
그러나 약점도 있지요
덩치가 크기에 지구상에서 멸망했다는,
장수하려면 소식하라는데
너무 먹어 단명하다는 학설은 학문으로 남겨놓아요

다만 두려운 건
공룡과 공룡끼리 먹이 다툼에서
내 밥그릇을 빼앗기는 거예요

그러기에 열심히 토끼 밥을 빼앗아 놓아요
공룡끼리 피 터지게 싸우는 것보다야 토끼가 쉽잖아요

공룡은 만들어지는 게 아니고 태어나지요
알에서 깨어나는 순간부터 먹을 것을 배정 받아요
토끼가 공룡이 되겠다는 희망은 돌연변이예요
당신도 알지요?
돌연변이는 정상이 아니라는 걸

우리도 이론상으론 알지요
우리의 몸집이 정상이 아니라는 걸
내가 노력해서 공룡으로 태어난 건 아니지만
토끼로 태어나지 않았다는 게 천운이라는 걸

송아지의 항의

엄마의 자궁에 삽입된 건 주사기에요
아빠의 열정적인 사랑도 모른 채 엄마 자궁은 나를 잉태한 거죠
엄마는 단 한 번도 짜릿한 오르가슴을 체험하지 못하고 계속
새끼를 낳아야 했죠
그건 엄마가 정숙해서가 아니고, 수지타산을 계산하는 주인
의 논리에서 축생들의 애틋한 사랑은 낭비된 계산이니까요
주인의 바람대로 수소로 태어나 엄마의 젖에 맛을 들이기도
전에 주인이 젓을 빼앗아갔어요
강제로 거세를 당하고 수놈도 암놈도 아닌 트랜스젠더가 되
어버렸어요
내가 아버지의 얼굴을 모르는 것은 당연하듯
나도 어느 송아지의 아버지가 될 자격을 빼앗겨 버린 거지요
주인하고 맞짱 떠 토론하고 싶어요
주인도 이승에 단 한 번의 생을 살듯 나도 태어나 단 한 번의
생명인데 주인의 이익에 맞추어 죽음보다 더 치욕스럽게 살
아야 하나요?
뜨겁고 열정적인 사랑 한번 못해보고,
나를 닮은 사랑스러운 새끼 한번 가져보지 못하고,
넓은 초원에서 단 한 번도 뛰어 보지 못하고 살아야 하나요?
주인 자식들은 다이어트 시키면서 나는 살이 빠질까 봐 걸을
수 없게 만들어 놓고는, 가장 경제적인 경영이라고 자랑하는
주인을 저주합니다

날마다 먹이를 먹을 때마다 이 분노와 저주가 내 온몸에 퍼
져 피둥피둥한 살 속에는 독소가 가득 차 있지요
주인이 이 세상에 태어나고 싶어 태어난 것이 아닌 것처럼
나도 소로 태어나고 싶어 태어난 것이 아니라면
서로 똑같은 입장이 아닌가요?
주인어른!

사냥꾼

왼쪽으로,
오른쪽으로
아니, 삥 둘러서 몰이를 해요
말 잘 듣는 사냥개를 풀어 놓아요
주인의 농장에서 멧돼지가 행패를 부렸다네요
멧돼지는 이미 도망갔다고요?

그럼 사냥개를 더 풀어 요란스럽게 짖어대라고 해요
화가 난 주인한테 열심히 사냥 중임을 알려야지요
산 아래 오두막집에 키우는 집돼지라도 물어 오게 해요
멧돼지나 집돼지나 그게 그거잖아요?

총을 들었으니 총소리를 내야지요
멧돼지와 집돼지는 다르다고요?
우리는 축적된 노하우가 있어요
집돼지를 멧돼지로 만드는 것쯤은
어제오늘이 아니잖아요

사냥꾼이 그렇다고 우기면
세상은 그런 줄 알아요
우리는 총을 가지고 있잖아요

자본주의 본성

옷, 가방, 신발의 출신을 내 얼굴보다 먼저 본다
끼고 있는 안경으로 눈 값을 정하고
조작한 얼굴, 썩은 내장을 가리는 포장이 명품이면
사람도 명품이다

빚 문서 가방이 명품이면 빚도 명품이 된다

보이지 않지만 가장 비싼 것은
전당포에서도 받지 않는다
영혼, 사랑, 인정, 신뢰 같은 것은
국민소득 지표에도 들어가지 않는다

열 사람 밥을 혼자 쌓아 놓고
썩혀 가며 먹는 능력자는 존경받는 인물이다

모두가 아홉 사람을 밟으려 앞으로 달린다

아홉 사람에 낀 시인은 항상 배가 고프다

괴물의 탄생

  말을 즐겨 하는 어느 고즈넉한 마을에 입이 열 개인데
귀가 하나뿐인 생명체가 태어났어요

  모두들 손뼉 치고 환호했지요

  더욱이나 그곳 마을을 이룬 추장의 집안에서 태어났기
에 경사, 경사였지요

  하나로 듣는 귀는 열 개의 입으로 전달이 안 되기에 각
각의 입은 저마다 떠들었어요 이 말, 저 말, 틀린 말, 옳은
말, 맞는 것도 갖은 말, 아닌 것도 긴 것 같은 말, 긴 것도
아닌 것 같은 말, 위로해주는 것 같은데 후벼 파는 말, 듣
기에는 감미로운데 되새기면 씁쓸한 말, 등등

  어느 입에서 나오는 말이 진실인지 헷갈리는 사람들은
머리가 빙빙 돌아가자 점점 몸이 흔들리고 몸이 흔들리자
모든 물체가 흔들렸어요 결국은 엎디어 땅을 붙잡았지만
열 개의 입은 계속 말을 끄집어냈어요 몽롱해진 사람들은
자기의 귀를 떼어 그 생명체에게 달아주기로 했어요 그러
나 얼굴에 입이 너무 많아 더 이상 귀가 붙을 데가 없었
어요 사람들의 이 거룩한 행위가 위대한 생명체의 존재를
훼손하는 괘씸죄에 걸려 수배령이 내렸고, 박수치던 사
람들은 자기 손가락을 잘라야 하는 형벌을 받아야 했어요
검지를 쳐드는 불법행위를 막아야 해서요

이제는 입 하나에 귀 두 개 달린 사람은 장애자 명단에
등록해야만 버스도 지하철도 타고 다닐 수 있어요 사람들
은 너도나도 귀 하나를 떼어내어 그 구멍에다 입을 만들
어 붙이는 성형에 열중했어요 성형외과는 대박이 났는데
도 세금 면제까지 혜택을 주었어요 비슷한 기형들이 대세
면 그게 정석이 되는 생태계의 흐름이지요 이제는 입이
하나인 사람이 괴물이라고 여러 입들이 떠들어 대자 그렇
게 되어버렸어요

서대문 역사박물관

요새 같은 붉은 담장
지랄 맞게도 튼튼하게 지어진 붉은 건물
피로 반죽해 구운 벽돌
피딱지가 엉켜있는 긴 담을
천천히 느릿느릿 또박또박
흐트러지면 안 될 것 같은 긴장감에 입술을 꼭 깨문다
발목에 100근쯤의 쇳덩이가 달라붙었다

역사관이 투철한 후배에게 전화를 했다

―형님! 그곳은 혼자 봐 하나하나를…
아주 천천히…―

100여 년의 아픔을 하루에 다 겪기에는
내 뼈마디 정신은 너무 나약하다
며칠 전에 박힌 선인장 가시로도 못 견디어 하는

참을성 용량이 부족한 나는
최대한의 고통을 주기 위해
사람이 사람에게 행하는 고문도구를 보는 게 온몸에 전율이
인다

여기에 기록되어 있는 이름들은
본인의 안위를 위한 것도 아닌
처자식의 배불림도 아닌
신념을 행동으로 옮긴 피 솟구침 때문에
가문을 송두리째 말살시킨 죄일 것이다

가슴이 분노로 차오르기 시작한 것은
그들을 말살시킨 친일파 후손들은
지금도 곳곳의 윗자리에서
이 나라의 말살을 시도하고 있다는 것이다

을사오적(乙巳五賊)은 과하게 잘 생겼다

각이 진 반듯한 모자에 훈장을 주렁주렁 달고
근엄하게 잘생긴 얼굴 다섯이
서대문 역사박물관 초입에 자랑스럽게 붙여있다
이 역사박물관의 기초를 설계한 사람들
이완용. 이근택. 권중현. 박제순. 이지용.
그들은 그때도 이미 훈장을 달고 있었다

고문에 일그러진 무명옷을 입은 사람들로 더 돋보이는
을사오적의 의연한 모습

오직 가진 것이라고는 목숨뿐인 백성들이
가진 것마저 다 내놓고 지키려 했던 이 나라에
훈장 단 후손들이 지금도 모든 훈장을 다 빼앗아가는

무명옷들의 피와 떨어진 살점과 버려진 목숨들이
훈장을 단 오적들을 위한 잔칫상의 고기 한 점이었음을

매 맞고 고문당하고 죽어가고 일그러진 얼굴은
너희는 이렇게 살지 말라고
내가 흘린 피는 아직도 정화되지 않은 채
이 나라 하수구에서 썩고 있다고

역사관을 관람한 어린이들은
반짝이는 훈장에 눈독 들인다

재건축

거대한 굴삭기가 뿌리를 뽑는다
수십 년을 뿌리박고 살아온 나무뿌리도 뽑아내고
수백 년을 뿌리내려 살아온 집안의 뿌리를 잔뿌리도 없게
뽑아낸다
머슴살이 세경으로 처음 집 장만을 해 더덩실 춤을 추던
집에
아들과 손자와 같이 늙어가던 집이 기둥이 뽑혀나가 나뒹
군다
걷기도 힘들어 기어 다니는 노인이 뿌리 없이 흔들거리며
어디로 가야 할지 머리채를 흔든다
대대로 자손을 키운 집값으로는 어디에 가 묘목도 심을 수
없어
뿌리 뽑혀 죽어가는 목련나무와 같이 시들어 간다
손자들이 주먹손으로 그린 벽화가 무너진다
오래전에 함빡 웃고 찍었던 액자 속의 사진이 흙 속에 묻
힌다
정거장 앞에서 수십 년을 구멍가게 하며 살아왔던 단골집도
버티고 버티다 떠났다
이곳에서는 집을 살 수 없어 시골로 갔다
추억과 정과 땀이 묻어 있던 땅은
돈과 투기와 높은 건물로 희번득 거린다

한마을이 통째로 사라지고 그곳의 역사도 사라졌다
사람다운 사람들이 쫓겨나고
돈다운 돈들이 몰려왔다
높은 건물처럼 높은 벽을 쌓아갔다

나라를 구하다

  머릿속에서 스멀스멀 기어 나오는 안개가 눈을 내려 덮는다

  깊게 들여 마신 숨을 배꼽에 저장하다 용량이 넘치면 대문을 나선다 들어가는 문은 좁은데 들어서면 세상의 모든 것들이 다 들어와 있는 골동품상도 아니고 고물상도 아닌 가게에 간다

  한때는 주인을 기쁘게 했건만 버림받아 여기까지 굴러온 것들 각각의 사연들로 사랑받다 쫓겨난 물건들이 아픔으로 널브러져있다 열심히 기도했는데 들어주지 않아 쫓겨난 성모상, 부처상, 예수상, 화가를 꿈꾸던 그림, 조각, 정신을 충전했을 책과, 마음을 다독여 주었을 레코드판, 그때는 자랑이었던 카메라, 구두, 옷, 신발, 살림도구들 골동품이 되지 못해 고물로 와 있는 물건들이 미로를 만들고 있다

  내가 이곳에 서 있으면 고물품목이 추가되는가

  미로를 헤매다 나와 눈이 마주친 대한민국!
  사용한 흔적이 없는 태극기가 금빛깃봉으로 멋쩍어 한다
  대한민국이 영 마음에 안들었을까

  나라를 들고 나오는데 주인은 돈을 받지 않는다

깃발을 들다

깃발을 들어요
크게 크게 소리쳐요
입으로가 아니라 몸으로요
손과 발과 가슴으로요

당신의 아들 딸 손자 손녀의 내일이
안개 속으로 사라지고 있어요
당신이 사들인 것 하나하나가
당신이 버린 것 하나하나가
당신의 자식들을 향해 손주들을 향해
독을 장착하고 발사할 준비를 하고 있어요

깃발을 들어요 소리를 쳐요

질식한 지구가 보내는 구조 신호 들어요
몸으로 가슴으로 깃발을 들어요
조금 느리게
조금 불편하게
조금 나누며
지구를 살리는 혁명에 깃발을 들어요
당신이 동참해야 혁명이 이뤄져요
깃발을 들어요. 지금!

스캔, 당하다

그녀와의 첫 만남에
머리에서 발끝까지 스캔을 당하다
헤어스타일, 안경테, 가방, 신발, 옷까지…
그녀의 견적기준가격이 나오지 않자
안심하듯, 아니 무시하듯
아랫입술을 삐죽 내민다

나도 그녀를 스캔한다
뇌와 심장과 영혼을
내 견적 기준치에 미치지 않아
대화의 격을 낮춘다

그녀와 대화를 이어가기 위해
허접스런 사건들을 끄집어낸다
공허한 시간을 허공에 뿌린다

개에게 묻다

1
개 같은 놈이라 핏대 올리지 마소

당신은 개 같이라도 살아 봤소

우리는 인간 같은 놈이라 핏대 올리오

사람 같지 않은 놈을 개 같은 놈이라 하지만

개 같지 않은 개를 사람 같은 놈이라 하오

2
자식들 학비로
개를 키우신 부모님
개장수가 동네에 들어서면
팔기로 점찍은 개만이 슬프게 울었다

다른 개들은 멀뚱히 입을 다물고 있었다
다음에도 그다음에도

3
이래봬도 얘 애비는 챔피언이오
모란시장 모퉁이에서 강아지 수십 마리를
박스에 담아 놓고 강아지 등짝을 집어 올리는 아줌마
족보를 들먹인다
날 때부터 늙어진 얼굴의 강아지는
목에 금줄을 걸고 있다
금줄 값인가
독방에 혼자 거드름 피운다

4
철창 안에서 태어나
철창 안에서 살다가
철창에 갇혀 이곳에 왔소
개 팔자가 상팔자라지만
사람 팔자도 그렇듯 개 팔자도 팔자 나름이오
흙수저로 태어나 금수저로 바꿀 수 없듯이
개수저도 그렇다오
세상이 하 넓다 하지만
내가 본 세상은,
저항하지 못하게 길들여진 형제들과
사형집행장에 와서 처음으로 본 다른 세상이오
여인의 젖가슴에 파묻혀 고개만 내밀고 있는
개라고도 불리지 않은 개를 본 이후
처음으로 부모를 원망했소

5
주인은 옷을 벗고
나는 옷을 입어요
숨이 막혀 혀를 길게 빼물어
겨우 숨을 이어가요
이 삼복더위에

나는 그냥 나로서 개이고 싶어요
주인의 장난감이 아닌
살아있는 존재로

6
나는 그 집에 사랑받는 유일한 아들이오
당연히 유산까지 받을 권리가 있는
부모는 사람 자식보다 개자식을 더 사랑해
내가 누구인지 나도 헷갈려하오
내 부모라고 자처한 그분들이 정말 나를 낳았는지
사람이 개도 낳은 자연섭리의 반란을 나는 이해 못 하오
분명 나와 같은 엄마 젖을 먹은 기억은 있는데

사람 자식은 알아듣는 말을 하고
내 말은 알아듣지 못해 그들은 나를 사랑할거요
얻어먹기 위해, 잘 보이기 위해
그들의 처사에 욕을 하면서도

온 힘을 다해 꼬리를 흔들어야 하는지
내 불만과 욕짓거리를 알아듣는다면 당장 나를 내버릴 거요
참 다행이오 언어가 다르다는 건

7
안고 자고 뽀뽀하고 내게 최고의 대우를 해준다는 자랑으로
살아가는 보람을 느끼는 내 부모를 고발하오
목소리를 죽이고, 생식기를 죽이고, 손발톱을 죽이고
자기 취향에 맞추어 나를 가위질하고
개권(犬權)을 개같이 무시하는 행위는
올바른 사랑의 행위가 아니오
사랑은 있는 그대로를 받아드리는 것이라는 것쯤은
개도 아는 상식이오
나는 사랑받는 게 아니고 학대받는 중이오

8
주인 여자는 나를 끔찍이 사랑하오
그녀 앞에 꼬리를 흔들어 보답하지만
나는 그녀를 끔찍이 무시하오
개 같지 않은 개는 그냥 개 같다 하지만
사람 같지 않은 사람은 개보다 못하지요
그 집에 연로하신 시어미보다
가슴에 모래만 남은 휑한 남편보다

그녀는 나를 더 사랑하오
나는 나와 같은 개의 사랑을 갈구하오
온 열정을 다해 내 씨를 넣어주고
나를 닮은 새끼도 보고 싶소

그녀의 사랑이 내게 집착할수록
그 집안의 사랑이 증발되어 감을 후각으로 느끼오
시어미는 죽어 산에 뿌리겠지만
나는 그녀의 가슴에 묻힐 거요
그렇다고 내가 행복할 거라 생각진 마오
개는 개답게 사람은 사람답게 사는 게
도리라는 것쯤은 개도 아는 바이오
나는 개답게 살고 싶으오

9
주인은 호적에 올리고 싶을 만큼 나를 사랑하오
법이 허락한다면 그렇게 했을 거요
법이 허락한다 해도 나는 개로 있기로 했오
자식으로 올려 있지만 개만도 못한 자식이 허다하거늘
나까지 그 측에 끼고 싶지 않아서요

집구석에 혼자 놔두고 일터에 나가 있는 동안
껌도 씹고 공도 굴리고 장난감 놀이도 하지만
긴긴 시간의 지루함은 견디기 어렵소

사랑하는 여자 친구, 말과 눈빛과 냄새를
나눌 수 있는 동료, 싸우고 화해하고 새끼도 낳고
사랑스런 내 새끼의 모습도 보고 싶고
긴긴 시간 그런 상상을 해 본다오

주인은 그 대역을 본인이 다 해주는 줄 착각하오
사람은 사람끼리 할 말이 있듯 개는 개끼리 할 말이 있다오
주인 흉을 본다든지 개끼리 통하는 수다가 있다오
주인의 장난감으로 오늘도 하루를 소비했다오

10
내가 꼬리를 흔들지 않고 뱀처럼 대가리를 흔들어도
나를 사랑해 줄 건가요?
내가 사람의 말을 할 줄 알아 대들고 반항하고 비난해도
나를 사랑해 줄 건가요?
내가 당신의 부당함을 신한테 고자질해도
나를 사랑해 줄 건가요?

흔적 지우기

나무로 위장한 나무 모양이라
땔감으로 쓸 수도 없다
돌도 아니어서 돌로도 쓸 수 없고
수정인 듯 수정이 아니어서
누구한테 줄 수도 없다
어디에도 쓸 수 없어 무심히 바라만 본다

수십 년을 진열장에 모셔져 있던
공로패, 감사패, 기념패, 수상패
주는 쪽의 빚 갚기였나 받는 쪽의 영광이었나

이름의 주인은 미련 없이
뒤도 돌아보지 않고 떠났는데
남아있는 주인은
글자의 미련 때문에 주춤주춤 그 앞에 서 있다

땅에 묻어야 하나 자루에 넣어 버려야 하나
쓰레기봉투에 버려야 하나
받을 때 보다 버려야 할 때가 더 어려운
이 흔적들

도시의 고릴라

두꺼운 털옷을 껴입은 고릴라가 새끼 털 고르듯이 파 뿌
리를 고르고 있다
지문이 뭉개진 뭉툭한 손에 바나나로 붙어 있는 마디
갈라진 손톱 사이로 끼어있는 흙고물이 붉다
철장도 없는데 도망도 가지 않고 아니, 엄두도 내지 못한 채
십 수 년을 그 자리에 고릴라로 앉아있다
시장 입구 구석진 담벼락을 끼고 납작한 코를 벌렁거리며
오가는 사람들에 눈을 맞추는

그곳 그 자리에 있어야 어울리는 부조물 보듯
지나가는 사람들 표정 없이 오간다
먹이도 되지 않은 나물들을 바나나 손으로 단장시켜
어느 집 부엌으로 뽑혀 가기를 떨며 기다린다

어미 떠난 새끼들
지 새끼 먹이 챙기느라 손목에 바나나를 붙여 간다
사람으로 환원하려는 몸부림에 발톱까지 뽑히도록 달리고
달려왔지만
고릴라가 되어서야 정착한 시장 모퉁이
낡아가는 사람들만이
낡아가는 시장에 와

낡아가는 고릴라를
낡아가는 눈으로 지키고 있다.

고릴라는 고릴라를 낳고 있는 현장을

위선들은

　남의 집에 들어갔다 열려있는 공간이다 5개월쯤 되어 보이는 아기가 누워있다 들고 올 것이 없나 둘러보았다 별 물건은 없다 휴지나 플라스틱 빈병과 쓰레기 같은 것들뿐이다 가슴이 조마거린다 그래, 아기는 내 의도를 모를 거야 그러면서도 신경이 쓰인다
　여기저기를 들러 보았다 들고 갈만한 욕심나는 물건이 없다
　주인 남자가 들어와 나를 의심스럽게 올려다본다
　그 눈빛에 가슴이 찔린다
　아기를 돌보는 척했다 아기가 울어대 달래주어 겨우 울음을 그친 것처럼
　아기가 나를 빤히 쳐다본다
　아기가 너무 어려 모를 거라 생각하며 조금은 안심한다
　주인 남자의 시선을 돌리려 애쓴다
　주인은 여전히 의심의 눈길을 거두지 않는다

　전에도 그랬던 기억이 어슴푸레 난다 훔치러 갔다가 내 집에 있는 꽃나무들을 뿌리째 떠다 그 집 화단에 놓고 왔던 기억이다 주인 여자는 꽃나무를 근거로 범인을 찾고 있던 중이다 그들의 추적이 점점 나를 옥죄고 있다 내 화단에서 흔적을 찾은 것이다 후회했다 왜 증거가 될 꽃나무를 그곳에다 주고 왔을까

그들은 나를 의심하며 심중을 굳히는 것 같다 아닌 척
시침을 뗐다
  가슴이 콩닥거린다 이런 내가 너무 싫다

  내 큰소리에 내가 놀라 잠에서 깼다
  내내 잠들지 못하고 나를 보았다

-위선으로 무장하며 미소 짓고 지내왔던 나날들을-

광고

그녀의 앙증맞은 윙크로 온 내장이 녹아내린다
풋풋하고 향기로운 웃음의 잔영이 내 뇌에 가득하다
행복해 지겨울 것 같다는,
지금 죽어도 여한이 없을 것 같은
내가 평생 가져보지 못한 하늘하늘한 몸매를
내 시선에 자신 있게 들이대는
그녀의 당당함에 기죽어가는
나의 시선을 붙잡고 있는,

오직 세상의 모든 것은 그것뿐이라는
암호를 해석하는 데는 그리 많은 시간이 걸리지 않았다
그녀의 몸짓을 거부할수록 더 집요하게 내 눈에 초점을
맞추려는
그녀의 몸이 내게 입혀질 것 같은 착각으로 몇 번인가는
그녀의 속삭임에 귀 기울이어 때로는 황홀하기도 했다

내가 그녀가 될 수 없음을 깨달은 것은
그녀가 원하는 만큼을 주고 나서다

지렁이

햇빛에 익어버린 땅은 물기를 잃은 지 오래

몸에 남은 마지막 진액을 짜내
온몸으로 세멘바닥에 흔적을 찍는다

물을 찾아 사막을 헤매는
아프리카 난민
볼 수 없는 몸으로 이사를 감행하기에는
목숨을 건 용기가 필요하다
비비 틀어가는 몸으로 여기저기를 기고 기어도
몸 숨길 촉촉한 흙이 없다

있던 곳에 다시 가고 싶어도
찾을 수 없는 방황의 늪

달구어진 사람들
무심히 밟고 지난다

한때는 생명이었던 흔적들을

눈감고 보기

마우스 움직임으로 얼굴이 변형되어 가는 걸 본다
있던 풍경이 지워지고 없던 풍경이 붙여진다
두 개가 합치어 하나가 되고 하나가 나누어져 둘이 되는
것을
사실인 것이 사실이 아닌
아닌 것이 아니라고 확인하며 지켜본다
언제부터인가 눈에 보이는 것을 믿지 않기로 했다

3부

조각보

만날 수 없는 기다림은 잔인했어요
육신을 훨훨 털어버린 영혼의 만남으로
이제는 눈 내리는 겨울을 기다리지 않아요
햇볕 따스한 언덕 어귀에 들풀의 씨앗으로 움이 터
작고 소박한 꽃으로 피어날네요

조각보

난이 먹고 싶다는 내 주문으로 인도음식점에 딸과 마주했다
그녀의 삶과 내 삶이 교차하고 섞이고 엉키고 풀어지면서
내 발자국을 딛고 걸어오는 그녀에게서
재생된 나를 본다

밀가루 반죽만으로 화덕에서 맛을 내는 난이 갑자기 생각
나는 건
내 일상과 닮아서일까 화덕이 필요해서일까
꼭꼭 씹으며 맛이 없는 그 맛을 음미한다

인도풍의 장식들을 둘러보다
벽에 걸려있는 조각보를 본다
세모와 네모, 길고 짧고, 동그랗고 길쭉하고,
하얀 천과 검은 천, 노랗고 붉은,
조각 천들이 색색의 실로 엮여있다
어디에도 쓸모없이 버려질 천들이
구석을 맞추고 길이를 맞추고 색을 조합하니
작품으로 벽에 걸려있다
천 위에 박힌 유리구슬이 유달리 더 빛나 보인다

네모지고 세모지게 속 끓여 살아온 나날들도
조화롭게 꿰매 놓으면 벽에 걸어 놓을 작품이 될까

진주는 아니지만 반짝였던 유리구슬도,
실이 모자라 이어야 했던 순간도,
밤새워가며 꿰매다 바늘에 피를 묻히던 때도
작품이 완성되는 날 모두 잊으리니

지금 이 순간 동구란 천으로
딸과 조각보 한 자리를 꿰매고 있다

갈퀴

갈퀴 끝에 붉은색이 닳아져 간다
갈퀴를 닮은 손 아니,
손을 닮은 갈퀴를 만들었을 게다
빡빡 흙을 긁어대던 대나무 갈퀴
과부하로 삐들어졌다

금은방에도 전당포에도 잡아주지 않아
유일하게 남은 별 모양의 약혼반지
새끼손가락에도 들어가지 못해 서랍에 뒹군다
갈퀴도 열심히 쓰다 보니 굵고 근육이 붙어
몸의 균형을 깨트린다

털옷을 만지면 부푸러기가 일고
붙잡으면 환삼덩굴이라고 놀리던
이 갈퀴로 뱃살도 늘렸으니 불균형은 아닌 듯

집안의 구석구석 쌓인 쓰레기도 긁어치우고
밭에 나뒹구는 낙엽들도 빡빡 긁어모아 퇴비도 만들고
가슴앓이로 누워있는 주변을 다독이던

밤마다, 가슴에 갈퀴를 품어 안아
뛰는 심장을 느끼게 했던
유일한 남자가 보고 싶을 때
손톱에 봉숭아물을 들였다
화단에 수년째 봉숭아를 심어
남들 손톱에는 물을 들였지만 한 번도 들여 보지 않은

수화

젊지도 늙지도 않은 남자와
늙어갈 준비가 되어있는 여자가 입을 다물고 말을 한다
공기 중에 떠도는 말을 잡아 눈으로 읽는다
찌르륵 가슴에 전해질 때 씽긋 입이 벌어진다
가득가득 창자를 채워 붕어를 만들어 내는 남자와
호두와 땅콩을 노란 설탕에 버무려 내장을 채워 넣은 호
떡이 불판에 익는다
날아가다가 붙잡힌 글씨들이 기름 냄새에 찌들어 울상이다
─봉투를 벌려주세요─

왁자지껄 시장이 소란스러워도 그들은 고요하다
벼락 소리에 모두들 호들갑을 떨었을 때도 그들은 묵묵히
의연했다
격하게 부부 싸움을 할 때는 표정과 손가락으로 바쁘게
싸운다
말이 억양을 잃었을 때 감정을 후벼 파지 않은 속성으로
이들 부부 싸움은 그냥 단순하다

봉투를 벌려 들고 줄 서 있는 사람들
붕어를 잡아 봉투에 넣고 덤으로 고맙다는 말도 넘치게
넣어준다
기름이 베인 호떡 봉지에 끈적거리는 말이 묻어있다

외로움, 마시다

현관문을 조심스레 열어요
왈칵 내뱉는 어둠과
그렁그렁 눈물을 달고 있는 검은 빛이
더듬거리며 내게 안겨요
가슴 깊은 곳에 똬리를 틀고 있던 것이
살금살금 기어 나와 나를 어루만져요
머리부터 차츰차츰 식어가요
불을 켜지만 아무도 안보여요
가족사진을 쳐다봐요 모두가 웃고 있어요
나도 씰룩 웃어주어요

스멀스멀 바퀴벌레가 심장에서 기어 나와
내 주변을 빙빙 돌아요
냉장고에서 물 한 컵 꺼내어 나누어 마셔요
오랫동안 내 옆에 있어줄 바퀴벌레와

꽃 다방

굴절된 빛들이 엉켜 풀어지지 않는다
계단을 기어오르다 붙잡혀 제자리로 돌아온 묵은 노래
그녀가 움직일 때마다
정착한 향수가 덮고 있던 먼지 속에서 기어 나온다
세월을 벗겨낸 그녀 얼굴에 수세미 자국이 선명하다

하늘하늘 걸었던 그녀가
뒤뚱거리며 뒤로 밀려나 여기까지 온 데는 세월도 한몫했다
남정네들이 꽃을 들고 줄 서 있었다는
무용담 같은 추억담으로 그녀의 하루가 소비된다
날아든 벌 나비도 생화와 조화는 구별할 줄 안다

탁자 위에 믹스커피 두 잔
실밥이 삐져나온 소파에 딱 어울리는 노인장
아무도 값을 쳐주지 않아 더 커지는 목소리로
기력을 짜내며 왕년을 팔고 있다

은근슬쩍 그녀의 허벅지를 긁고 있는 삐드러진 갈퀴
미소도 아닌 것들이 그녀의 실눈 사이에 매달려있다

ㅁ과 ㅇ 사이

ㅁ과 ㅇ 사이는 내 핸드폰 좌판에서
한자리에 있는 가장 가까운 사이
ㅁ을 굴리고 굴리면 ㅇ으로 될까나
ㅁ과 ㅁ이 만나 ㅇ으로 이어가지 못함은
서로의 모서리를 닳아내는 아픔을 견디기 싫어서다

네가 나한테 올 때는 ㅇ으로 오기를 바라고
내가 너한테 갈 때는 ㅁ으로 간다
내가 너한테 갈 때는 ㅇ을 들고 가지만
네가 나한테 올 때는 ㅁ으로 온다

같은 좌판에서도 ㅇ과 ㅁ은 신호가 다르다는걸
사용해본 사람만이 안다
사랑하는 사람과
사람을 사랑하는 사이에는
휘청거리는 긴 다리가 놓여있다는 것도

시(詩) 가출하다

상습범이다
감시를 소홀히 한 탓도 있지만 방심한 것이다 아니,
슬쩍 문을 열어 놓은 듯도 하다
슬며시 자취를 감추었다

설마 했는데
막상 내 곁에서 얼씬거리질 않았을 때
갈수록 빈자리가 커져갔다

잠을 못 자게 흔들어대고
자기와 놀아 달라 투정 부리고
눈 맞추라 징징거릴 때
아예 없어졌으면 홀가분할 것 같았다

가려면 흔적 없이 갈 것이지
눈 위에 발자국을 남겨놓았다

나도 가출해 버릴까
고놈이 나를 찾아 헤매게

눈 오는 날 기차를 탔다
혹시나 뒤돌아보면서도
내 시선의 초점이
자국, 발자국을 더듬고 있다

뜸, 들이다

뚝배기에 밥 한 공기 뜸을 들인다
압력밥솥 전기밥솥 냄비도 있지만
오늘저녁 뚝배기를 끄집어냈다

뜸들일 시간을 아낀
그 많은 시간들을 어디에 처박아 두었는지
아무런 기억도 없는데
내내 설익은 밥알을 먹었던 욕망의 시절

기다림이 낭비로 소비된 날들에
익히지 못한 삶과
뜸 들일 시간을 배정받지 못한 영혼이
껍데기로 수북이 쌓인 오늘,

뚝배기에 자작하게 뜸 들고 있는 낱알들을
느긋하게 기다리고 있다

모래성

가슴이 서서히 식어가요
죽음보다 두려워요
잔잔한 바다는 무료해요
긴장이 풀어진 늘어난 고무줄로 다시는 끈을 묶을 수 없
어요
소금으로는 맨밥을 먹을 수 있지만 설탕은 아니에요
언제부터일까요 냉기로 가슴이 절여있던 게
만날 수 없는 헤어짐에 익숙해지면서
가슴에 돌 하나씩 던져 놨던 게 이제는 수북이 쌓여서일
까요
눈물도 타성에 젖으면 빗물이 되고요
절제 없는 열정은 흉기가 되어요
감정을 누르고 표정을 바꾸어야 하는 세월이 길다 보니
떨림이 없는 가슴에 모래가 쌓여요

억지로라도 몸을 흔들어 봐요
쌓인 모래가 흩어지도록
장작을 패 불을 지피고 싶어요
얼마나 지펴야 가슴속의 돌이 달구어질까요?

바람으로

당신이 내 안에 차지한 자리만큼
휭휭거리는 바람으로 채워졌지요

바람이 움직일 때마다
뼈마디와 가슴에 구멍을 내더니
계절 따라 자리가 넓어졌어요

세멘을 발라도
철사로 엮어도 제자리에 붙지 않아요
솜이불을 덮어도 새어 나온 바람에
서리가 맺혀
옷의 장신구가 되었어요

남들은 그렇게 말하지요
반짝이는 장신구가 참 예쁘다고
구멍 난 몸을 감싸기 위해
날마다 바람을 엮어 새 옷을 만들어요

이따금씩 공사를 벌려
흙을 채우기도 하고 때로는 뜨거운 쇳물을 붓기도 해요
그럴 때마다 자리가 더 넓어지는 건
당신의 보복인가요

전생에

새해 첫날,
104세 시외할머니가 정신이 혼미해져 엄마네 집에 못 온다는
딸의 전화
교직에 몸담은 딸이 세 노인 모시고 사는 것에
세상 떠난 남편은 마음 짠해 했다
사돈을 술친구 삼아 같이 떠난 건 남편의 딸 사랑이었나

두 어르신을 모시고 사는 딸에게
시외할머니 뼈만 남은 손으로 딸 손을 붙잡고,
고맙고 고맙다고 죽어서도 놀러 와도 되냐, 고 묻길래
품에 안고 속삭였단다
"할머니 이모할머니가 꿈에 찾아와 같이 가자고 하면
뿌리치지 말고 손 꼭 잡고 같이 가세요
뒤돌아보지 말고 빛을 따라가세요"

전생에 너무 일찍 죽어 부모의 가슴을 아프게 하고
부모에게 효도할 시간이 없었나 보다며
이승에서 그 빚을 갚아야 할 삶이었나보다는 딸의 전생을
할 수만 있으면 지워버리고 싶다

눈 내리는 길상사

한 남자의 영혼을 영혼으로 품어
영혼에 항상 눈이 내렸지요
임을 향한 뜨거움, 어디에도 식히지 못해
눈 내리는 날 넋을 풀어 긴 한숨을 토했어요
응어리로 뭉쳐진 그리움이
낡아가는 몸뚱이를 칭칭 휘어감아
목 언저리까지 차올랐지요

숱한 남자의 손을 잡았지만
당신이 아니어서 온기가 옮아가지 않았어요
겨울보다 더 차가운 시대를
촛불로 녹일 수 없었음을,
온몸으로 바람을 막고자 했던,
사랑하지 않을 수 없는 사람
이루어지지 못한 기다림은 겨울이 와 버린

만날 수 없는 기다림은 잔인했어요
육신을 훨훨 털어버린 영혼의 만남으로
이제는 눈 내리는 겨울을 기다리지 않아요
햇볕 따스한 언덕 어귀에 들풀의 씨앗으로 움이 터
작고 소박한 꽃으로 피어날네요

*대원각 요정을 운영하던 김영한(법명 길상화)씨가 죽을 때 법정스
님에게 넘기어 길상사 사찰로 운영됨. 시인 백석을 사랑해 평생 혼자
살다 본인도 작가가 됨.

청구서

"누나가 나를 키웠으니 죽을 때도 누나가 챙겨 보내줘야 돼"
"너는 날마다 소를 잡아줘도 누나 은혜 못 갚는다고 엄마가
그랬는데
닭 한 마리도 못 얻어먹었는데 가려고 하니? 염치없게"
형제들에게 피해를 주고 나타나지 못하던 동생이
폐암 말기로 찾아와 한다는 소리다

숨을 헐떡이며 한 시간의 버스를 타고 농장에 온다
굳이 도와야 하는 일도 아니다
삽을 들었다 났다 호미를 들었다 났다 하지만 도움 되는 일
은 없다
내버려 둔다
종종이 달린 머루를 따며 숨을 가파한다
말리지 않는다
허덕이던 숨의 길이가 얼마 남지 않음에
그 일당으로 그동안의 빚을 땡 치려는 것이다
그 계산에 산수를 못하는 척 속아준다

임종을 준비하는 병실에 어둠이 밀려온다
폐암에 폐렴으로 숨이 펌프질을 한다
"그곳은 이곳보다 아름답고 평화롭다네 두려워하지 말고 편안
히 가
그곳에서 부모님과 매형은 만나거들랑 나 잘 있다고 전해 줘"
"누나 오늘 자고 가지 날도 어두운데… 하기야 내 집도 아니
고… 잘 곳도 없네…"
그날 밤에 그는 갔다
"나 이제 잘래"
마지막 그 한마디로 동생의 빚도 같이 묻혔다
계산이 안 되는 청구서가 가슴에 쌓여 목울대로 넘어온다

1°가 필요해

너와 나 사이에 1°가 부족해
끓지 못하고 미지근하게 식어야 했구나
99°까지는 아무나 갈 수 있지만
1°를 올리는 건 아무나의 몫이 아니라서
지쳐서 포기하고 드러누울 때 99°의 지점
원점에서 다시 시작해
또다시 드러누울 때 그때도 99°의 지점
그렇게 되풀이 되는 미완성의 작품들

영혼까지 차용해 불쏘시개를 넣어야만
올릴 수 있는 1°가 부족해
물은 끓지 못했지
너와 나 사이도 그랬지

석화(石化)작용

손가락 발가락 끝부터 온기가 식어오네요
야금야금 열기를 먹어오던 시간들이
가슴 언저리에서 망을 보고 있어요
심장의 펌프질이 느려지면서 피가 식어가요
이따금씩 피돌기가 멎어가면서 심장이 무리를 해요
팽팽한 용수철이던 열정이 삭아진 고무줄이 되어가요

활화산 같은 위험한 분노가
심장을 주고라도 바꾸고 싶었던 무모한 열정이
세상을 뒤집어야 될 것 같은 혁명적 정의가
그립고 간절해요

어느 것도 붙잡지 못하는 고무줄의 시간
가슴을 끓여주던 연료가 바닥이 나버린 뒤안길
떨어지는 낙엽을 밟고 걸어요

이별, 그 후유증

멀리 있어도 가깝던 그대가
옆에 있어도 멀리 있을 땐
떠날 준비가 필요한 거지요

주어도주어도 주고 싶던 샘물이
더 이상 솟구치지 않고 줄어들 때는
가방을 준비할 때지요

떠난 자리에 남아 있는 원망
빠진 자리를 체념으로 채워요
그대가 먼저 등을 보일까 봐
급하게 뒤돌아서 입술을 깨물던,

더 이상 그대에게 줄 것이 없어
심장의 마지막 맥박까지 짜내야 하는
나의 가난을 그대는 엿보고 있었나요

훗날
시장통에서 기차역에서
눈 내리는 언덕길에서
우연히 마주칠 때면
씽끗 눈인사를 해주세요
잊지 않았다는

어머니의 가방

돌아가신 지 20년이 된 어머니 손가방에는 어머니 얼굴과
주민증과 손때가 있다
검정비닐 가방에 내 보험증과 통장과 도장이 담아있다
꺼낼 때마다 내 밭에서 풀을 뽑다 카메라에 해맑게 웃으
려던 얼굴을 본다
가진 것 없는 남편과의 결혼을 그렇게도 말렸던 어머니,
딸이 장만한 땅에서 안심하던 표정을 남기고 싶은 어머니
를 보고 싶었나보다 나는,
내가 가진 어머니의 유일한 유품에 통장을 넣고 꺼내는 게
이제는 걱정하지 않아도 된다는 시위였나 보다 나는,
나와 비슷한 처지로 딸을 보내면서 가방 속의 어머니를
만난 건
동병상린을 나누고자 해서였나
딸이 주는 용돈을 받을 때마다 어머니의 웃음을 스캔한다

리모델링하다

삶의 때와 흔적과 추억이 닥지닥지 붙어 있는 집을 리모델
링했다
여기저기 끌어낸 전깃줄, 낡아 녹물이 나는 수도관,
난방비만 삼켜대는 미지근한 보일러 배관이며 횡횡 바람에
흔들리는 창문을

리모델링할 게 집만 있는 게 아니었다
녹슨 혈관에 삐걱거리는 무릎
패인 골 사이로 덮어 내려오는 눈가
기름 창고가 되어버린 뱃살이며
작동이 불량한 펌프
가성비 떨어진 몸체에 부분 수리 대신
전체 리모델링을 할 수 있다면
집보다 먼저 했어야 했다

열정에 반항하다

열정을 드러내기 부끄러운 나이
닳아지지 않은 마음을 다독이며
거울에서 시간의 흔적을 확인한다
체념하지 못한 것들을 화장대 위에 쌓아 놓는다
버릴 수 없는 바람들로
감정을 사기 당하며
내 나이에 떠나버린 어머니를 불러낸다
그리곤 한없이 미안해한다
봐줄 사람도 없는데
페인 고랑을 메우려 색칠을 하던

내 딸도 그러겠지
그 나이에 엄마는 주책이었다고

언젠가

쌀밥이 먹고 싶어
시집왔다던 임실 댁
쌀밥이 지천일 때
보리밥 장사를 하더이다

언젠가
머지않은 언젠가에
지평선이 다시 금빛으로 물들 때
제방(堤防)에 금이 쌀처럼 쌓이려니

미장원에서

잘 풀어지지 않은 할머니 전용 파마를 말고
의자에 앉아 코를 골며 잠이 든 중간 할머니
나이테를 감추려 분장한 얼굴에 어울리지 않은 커다란 안경
증인이 여럿인데도 자지 않았다고 우긴다
옛 생각을 하고 있었단다
다시는 돌아가고 싶지 않은,

-열아홉에 결혼을 하니 남편이 어찌나 무섭던지
도망가려고 보따리를 싸던 중에 애가 생겼단다
애만 낳고 가야지 했는데 엄마를 쳐다보는 눈망울이 걸려
조금 키워놓고 가야지 하던 차 둘째가 생겼다고
요놈들이 걸을 때까지만 키워놓고 가야지 했는데
지금까지 못 가고 있단다

이제는 걸릴 것도 없어 홀가분한 처지가 되었는데도
못 나가고 있단다

누가 쳐다봐 주는 사람이 없어

서러움

신발장을 열어보다
오랫동안 서러워했을 신발을 꺼낸다

닳아서가 아니라 늙어 가버려
소용 성을 잃어버린,
닳아져 가는 것보다 더 서러운 건
기능을 잃어가는 것을

기다려도
기다려도 불러주지 않아
그대로 삭아가는 서러움이란…

신발로 만들어져
신발 노릇을 못한 부끄러움으로
내내 얼굴 붉혔을 신발을
고개 숙여 꺼낸다

그리움의 실체

나를 갉아먹어요
아삭아삭
뼛속까지 후벼
신경까지 차단해 놓아
이제는 아픔도 없는,
눈물까지 다 마셔버려
휑한 눈가에 눈곱처럼 끼어있는
그리움이요

살아있는 한
내 가슴에 똬리를 치고
퍼석퍼석해진
내 영혼까지 갉아먹겠지요

꿈에서만 보이는 그리움은
잔인한 환상이지요
발톱이 문드러져 빠지도록 걸어도
닿을 수 없는 어딘가에
나를 기다리고 있을 거라는
그리움 하나 있어요

고물에 대한

고물이 되어가는 차에
고물이 되어가는 물건을 싣고
고물이 되어가는 노인이
고물이 되어가는 건물에
고물이 쌓인 고물상에 들어간다

한때는
풋풋한 시절
피가 끓던 열정에
시간이 정지될 것처럼
그렇게 나돌았던 기억만 남은

화려한 휴가

고속도로가 가득 찼다는 라디오를 듣는다

이슬을 쓸어주며 어린나무를 얼러준다
잘 자라렴. 덥다고 짜증 부리지 말고

햇빛이 칠해놓은 색을 벗기려
꼬부라진 오이를 썬다

원두막에 누워서 보는 능소화가
서럽도록 가슴에 얹힌다

거미줄에 걸린 나방이 탈출을 시도한다
거미란 놈, 느긋하게 지키고 있다

묵언 수행 중인 핸드폰을 들여다본다

나뒹굴던 시집을 편다
시 한 편 쓰지 못한 날들을 챙긴다

달구어진 팔월로 나를 익혀
일상을 쪼갠 틈 사이에 끼우고
숙성되길 기다려본다

발에 대한 연민

화장대 앞에 앉는다

거울을 통해서만 봐야 하는 얼굴에
많은 것을 바르고 다독이면서

일만 해온 손발은 발라줄 게 없다

옹이 박을 시간이 많지 않은 지금,
옹이 박힌 손과 발이 이제야 보인다

제일 비싸다는 크림을 손과 발에 바른다

요양병원

자연은 순리에 냉정하다
신보다 잔인하다
생산 의무를 다한 생물체는
존재 의무를 존중받지 않는다

사용연한이 다한 몸체들이 폐기장으로 실려 온다
팔, 허리, 다리와 내장의 부품이 닳고 닳아
수리한들 더 이상 생산능력이 안 되어
폐기장에 차례를 기다린다

공평한 잣대로
오직 종족 번식에만 너그럽던
자연의 순리에 예외를 허락하지 않는다

오해

쿵! 횡단보도 앞에 서 있는데 차가 덜컹했다

분명 뒤차가 내 차를 받은 것이다 내려서 확인해 볼까 백미러로 보니 바짝 붙어있는 하얀 차다 크게 부딪친 건 아닌 것 같다 신호등이 바뀌었다 차도 헌차인데 조금 더 헌차 된들 어떠랴 그래, 뒤차 너 오늘 꿈 잘 꾼 줄 알아라 너 봉 잡은 날이다 내가 봉이 되어주지 운전하는 사람끼리 그럴 수도 있지 뭐 큰 인심 쓰고 생색을 내니 왠지 스스로가 대견스럽다 다시 신호등에 걸렸다 뒤에 따라오던 차가 내 옆으로 나란히 선다 양심에 걸리나 보다 아니 뺑소니가 두려운지도 모르지 그래 내가 사과를 받아 주마 우아하고 너그럽게 차 문을 내렸다 그쪽도 차 문을 내린다 젊은 남자다 모든 걸 용서하고 은혜를 베풀 거라는 신호로 웃음을 보냈다 그 남자가 소리쳤다

"차 펑크 났어요"

사랑을 거부하다

약간은 하이톤의 발랄한 그녀가
전화기 저쪽에서 사랑을 고백할 때면
썩은 향수 냄새가 난다
줄기찬 사랑에 보답할 수 없어 목소리를 죽인다

가슴 깊은 곳에 꼭꼭 감추어놓고
혹여나 빛이 바랠까
차마 꺼내지 못하는 사랑이라는 말을
그녀는 쉽게도 고백한다
노전 판에서 흔들어 파는 싸구려 물건처럼

－고객님 사랑합니다－

4부

꽃을 먹다

금산사 벚꽃 길에
벚꽃처럼 만난 사람
벚꽃 질 때 같이 졌네

벚꽃 필 때면
피어나던 사람

나무도 낡아지고
사람도 낡아지니

금산사 가는 길을
기억 하나 붙들고 가네

꽃을 먹다
―무화과

피지 못하고 늙어 과일이 되어버린 꽃

억지로 꽃을 열었다
명태 알 같은 수술들이
벽에 붙어 같이 늙어가고 있었다

모든 꽃이 다 열매를 맺는 것도 아니듯
꽃이 예쁘다고 열매가 튼실한 것도 아니다
꽃을 피우지 못하면서도
달달한 열매를 맺을 수 있다는
조물주의 치밀한 의도였을 것이다

꽃을 먹었다
피지 못한 채 늙어버린 서러움까지도

나무, 꽃을 준비하다

꽃을 품고 있어 견딜 수 있어요 이 겨울을
씽씽 거리는 바람을 알몸으로 지탱하며
오늘이 겨울의 마지막 날이길 간절히 바래요
하루를 견딜 수 있는 에너지가 조금 남아있을 때
얼어있는 뿌리까지 동원해 충전을 해요
봄이 와 꽃망울을 터뜨리는 상상만으로
하루를 버티는 에너지를 얻어요

봄이면 꽃이 그냥 피는 건 아니에요
아무도 눈치 채지 못하게
여름부터 준비한 꽃봉오리를 내내 키워야 해요

살아있다는 건 희망을 인내한다는 거
가지가지마다 눈이 꽃망울을 덮고 있어도
꽃을 피울 수 있는 봄은 올 거라는

짧은 시 모음

1. 자위

꽃이 져야 열매를 맺고
젊음도 져야 영혼이 익나니

2. 장미

꽃이 화려하다고
열매도 화려한 건 아니네

3. 삶

천국을 만든 자는
천국을 모르고
지옥을 만든 자는
그 안에서 산다

4. 불면증

잠 못 이루는 밤
내 옆에 있어준
그리움

5. 수확

뜨거워야 할 때 뜨겁지 못 했고
차가워야 할 때 차갑지 못해
쭉정이만 수확한 가을

6. 오이도

낮술에 붉어진 얼굴이 부끄러워
바다 뒤로 슬며시 숨고 있는 해를
야릇한 미소로 훔쳐보는 빨강등대

7. 월곶포구

바닷바람에 엉덩이 들썩이는 고깃배들
포구에 불빛이 내리면 모두 덩달아 어깨춤
아스라한 달빛 아래 신명나는 춤사위

8. 대나무

속이 비어 있어
그렇게 빨리
클 수 있었나 보다

9. 집달팽이

태어날 때
증여받은 집이
평생 감옥이었다

10. 그리움

임 가신 곳 하도 멀어서
밤새도록 걸어도 만날 수 없어
눈 뜨면 제자리에 다시 와 있네

도장지(徒長枝)

복숭아나무를 전지 한다
지 혼자 우뚝 솟구쳐 나온 굵은 가지를 자른다
열매를 키우느라 온 기력을 다 한 옆 가지의 남은 힘까지
빨아 먹고 혼자만 커온 도장지
쓸데없는 잎까지 무성해 과일을 익히지도 못하게 한다

도장지를 선발해 키워야 할 때가 있다
원가지가 열매를 달지 못하고 고사할 때다
주인은,
우쭐한 기력과, 과잉된 힘이 들어간 줄기와, 뻣뻣이 치솟은
대를
과감하게 잘나낸다

과일나무는 과일을 잘 익혀야지
가지만 키우는 게 아니라고
가위 든 주인이 복숭아나무에 경고한다

수석

한때 수석에 미쳐있던 동생의 첫 기일이다

딱 마음에 드는 돌을 발견했을 때
우황청심환을 먹고 숨을 크게 쉬고 맥박을 고른 후에
천천히 발의 디딤을 확인하며
죽은 애인이 부활한 황홀한 만남을 가진다는
전국에서 잡혀온 그 만남의 표적들

물이 말라버린 계곡을 안고 있는 산이
산을 그리워하며 침묵으로 항의하고
까만 물개는 하늘을 향해 울부짖는다
세상의 형상들이 진열장에서 질식해 가고 있다

물을 뿌리면 감추어진 이끼가 살아나고,
산이 살아 계곡에 물이 흐르고,
물개가 살아 헤엄치고,
세상을 닮은 모든 형상이 생생히 살아나 움직인다며
그 모습을 보는 순간은
아편중독자가 되어 세상 시름을 다 잊는다는,

폐암으로 하루하루를 죽음과 대면하면서
날마다 수석에 생명을 주었던

주인과 같이 순장하기를 간절히 원했을 수석들이
주인의 기일에 모두 단식을 하고 있다

꿈을 가진 농부

허허로운 황무지에 삽질을 하고
돌을 고르고 고랑을 파
좋은 씨를 고르고 골라 뿌렸다네
꿈을 가진 농부는,

꿈을 꾸기만 하는 자는 몽상가요
꿈을 실천하는 자는 개척자이니
농부의 꿈을 먹고 자란 나무들이
황무지를 푸르게 물들여가지만
누구도 농부의 땀을 기억하지 않네

기억하는 자 없어도 때가 되면
땀으로 익어가는 열매는 풍요로울 터
모두 불러 잔치를 벌여야겠네

발정기에 축배를

모든 꽃들의 발정기에 환희와 축배를
수컷과 암컷들의 발광적인 발정기에
지구의 미래를 위해 축배를

그녀와 그 남자의 더욱더 열정적인
발정기 성공을 위해 축배를

지구 안에 새 생명의 탄생을 위해
멸종되지 않은 종족을 위해 축배를

모든 발정기에 축복과 축배를

겨울나무

겨울을 준비하느라 헐벗은 가로수에
굽은 등을 기대어 바라보는 허공

잔뜩 눈을 품고 있는 검은 하늘에
지나온 삶을 기록해 본다

늦은, 너무나 늦은 이제야
내가 나에게 묻는다

누구이며 어디로 가고 있느냐고
지금 서 있는 자리는
반석인가 살얼음인가

분별력 없는 열정으로 젊음을 소비하고
열정 없이 분별력만 남은 약간의 시간이
아깝고 아까워 조급하게 서두르다
넘어져 주저앉은 겨울나무

늦게야 알았어요

꽃이 그렇게 빨리 질 줄을
좀 더 일찍 알았더라면

시간은 잠도 자지 않는다는 걸
떠난 부모는 후회만 남긴다는 걸
자식은 삶의 전부가 아니라는 걸
행복은 만들어야 한다는 것을
내 삶은 내가 주인공임을
좀 더 일찍 알았어야 했어요

무엇 때문에 달렸는지
묻지도 알려고도 하지 않았어요
헉헉거리며 달려와 끝 지점에 와보니
허허로운 벌판

꽃일 때는 마냥 꽃인 줄만 알았어요
찬란함은 순간으로 스쳐 감을
그리움은 너무나 긴 것을
붙잡을 수 없을 때야 알았어요

상사화

잎으로 기다리다
꽃으로 기다리다

지고 시들어도 만나지 못해

엇갈린 그리움이
서럽게 뭉쳐있어
겹겹이 쌓여있는
동구란 뿌리
혹시나 내년에는 만날 수 있을까

잔인한 희망을 버리지 못해
그리움 한 겹 더 쌓는다

능소화

시들어가는 뒷모습을 보여주기 싫어

피어있는 채로 뚝 떨어져 버린

절정에 떨어질 수 있어 계속 부활하는

요절해버린 메릴린 먼로를 본다

당신은

달리기보다
꾸준히 걷는 게 더 멀리 가듯
등불 밝혀
험준한 산길을 걸었네요 당신은,

미련스럽도록
충실하게 걸어온 산길에
아무도 눈여겨 봐주지 않아도
피고 지며 씨앗을 맺은,
있음으로 해서 주변을
향기롭게 정화하는
야생화를 닮았네요 당신은,

척박한 땅 탓하지 않으며
여린 듯 강하게 뿌리내려
산야를 푸르게 물들여 가는
산야초를 닮았네요 당신은,

남한산성

나를 버려두고
타인하고만 어울려
나한테 버림받을까 봐
내가 나를 데리고
눈 내리는 산길을 걸었어요
역사의 오욕이 묻어있는
남한산성을

지나온 발자국 발자국마다에
묻혀온 내 부끄러움도
벌거벗은 나무 어느 귀퉁이에
묻어두고 가기로 했어요

상처 많은 남한산성이
내 상처쯤은 감추어 주겠지요

이글루

번데기 되어 누워있는 텐트 속
살갗을 탐하여 호시탐탐 주위를 맴돈다
바람, 시어머니 성깔이다

이 겨울을 막아보려는 최후의 방어선

텐트와 코펠 브루스타를 지고 메고 산에 올라
다람쥐가 놀라도록 소리쳤던 때도 있었다
혼자가 아니어서 가슴속까지 춥지는 않았다
열기를 내뿜던 사람이 있어 겨울에도 훈훈했다

야영 온 기분이라도 느껴보자고 혼자 중얼인다
말장구 쳐줄 사람이 없어 소리소리 쳐 본다
연식이 되어가는 한 여인이 동면(冬眠)을 준비한다

안방에 들어와 있는 에스키모 이글루

브로콜리

히로시마에 떨어진 원폭 기둥을 샀다
뭉쳐 있는 구름 포자들이 화들짝 피어 내리면
원폭의 피해처럼 위험하다고 느껴서일까
꽃을 피우지 못하게 기둥을 잘라버린 채
시장 가방에 담긴 브로콜리

먹는 모든 것을 좋아하지만
유달리 브로콜리를 좋아한다는
외손녀가 온다고 해서다

건강에 좋다고
굳이 먹어 주어야 할 것 같은 내 몸에 대한 의무감에
맹맹하고 밍밍한, 개성이 없다는 게 개성인,
꽃 덩어리지만 아무도 인정해 주지 않은
굳건히 주장하지만 믿어주고 싶지 않아
뱃속에서도 꽃을 피우지 못하게
대궁을 잘라 뜨거운 물에 삶아 버리는
식물체를 아작아작 씹으면서
피지 못하고 삭아버린
젊은 날도 삼켜버린다

금산사 가는 길

금산사 벚꽃 길에
벚꽃처럼 만난 사람
벚꽃 질 때 같이 졌네

벚꽃 필 때면
피어나던 사람

나무도 낡아지고
사람도 낡아지니

금산사 가는 길을
기억하나 붙들고 가네

그때는 오지 않는다

아들이 개 한 마리 사 주겠단다 아니면 고양이를
개도 고양이도 모시고 살 수 없으니 싫다고 했다
개를 개답게 고양이를 고양이답게 키울 수 있을 때
그때 사 달라고 했다
내가 바라는 그때는 오지 않을 거란다

개가 개로서 개권을 존중받고
사람의 애완용이 아니라
생명의 존재로 공존할 수 있을 때
키우지 않고 같이 살겠다고 했다

마당 큰 감나무에 여러 새들이 오간다
눈 쌓이면 배고플까 봐 모이 주머니를 올려놓았다
새들이 내게 길들여지지 않도록
무심한 듯 스쳐본다
먹이로 삶은 조종당하는 건
인간으로 족하다고 중얼거리며

뽑아내기

풀을 뽑는다
내 눈에 잡초로 보이는,

창조주의 눈에는
어느 것도 잡초일 수 없는

내 안에 수십 종의 잡초를 키우면서도
땅 위에 난 것만 뽑아낸다

유익하지 않은 것을 잡초로 단정한
내 교만도 뽑는다

뽑아낸다